AS LUZES DO MEU PASSADO

* * *

Dinah Ribeiro de Amorim

Setembro de 1983 / Setembro de 2021

Ofício das Palavras - editora e estúdio literário

55 11 99976 2692 / 12 99715 1888
contato@oficiodaspalavras.com.br

@oficio_das_palavras
@oficiodaspalavras

www.oficiodaspalavras.com.br

© Copyright by Dinah Ribeiro de Amorim
Projeto gráfico e diagramação: Liz | Design Gráfico
Capa: óleo sobre tela de Dinah Ribeiro de Amorim

Dados Internacionais de Catalogação na Publicação (CIP)

(eDOC BRASIL, Belo Horizonte/MG)

A524l	Amorim, Dinah.
	As luzes do meu passado / Dinah Amorim. – São José dos Campos, SP: Ofício das Palavras, 2021.
	145 p. : 13 x 18 cm
	ISBN 978-65-86892-22-2
	1. Literatura brasileira – Crônicas. I. Título.

CDD B869.3

Agradeço

Em primeiro lugar a Deus;

À família, em especial ao irmão Edgard, pelo incentivo;

A todos os que, direta ou indiretamente, contribuíram para que eu escrevesse.

AO LEITOR AMIGO

Escrevi este romance em 1983, há trinta e oito anos, e só pensei em publicá-lo, atualmente, em 2021. Estou com setenta e oito anos.

O tempo passou rápido, os fatos mudaram, pessoas amigas e familiares queridos se foram, aos poucos, deixando lacunas em minha alma que aumentaram.

Guardado na gaveta, esse romance autobiográfico foi escrito num momento de solidão e, ao achá-lo, me descobri saudosa do meu passado, curiosa e emocionada. Orgulhosa também da minha vida familiar, com fatos pitorescos e engraçados. Chorei e ri ao mesmo tempo. Tive vontade de publicá-lo e deixá-lo aos netos e bisnetos. Contar como foi o meu tempo de infância e juventude, como era o mundo, à época.

Uma vivência de hábitos diferentes, mas fundamentalmente, os mesmos sentimentos, sempre.

Se fosse descrever como estou agora, o que sinto, seria necessário um novo livro de memórias, tantos anos se passaram, tantas coisas aconteceram.

Talvez não chegasse a terminá-lo. Tudo bem, só seria interessante aos muito íntimos, aos amigos fiéis, ao meu pequeno mundo de hoje. Ou a mim mesma, pois, pois... um desabafo de alma.

Amo escrever, mas sei que livro pessoal da vida, já está escrito, em detalhes, só no andar de cima, pelo Criador. Esse, com certeza, bem mais importante!

Abraço amigo e boa leitura.
Dinah.

PREFÁCIO

PORTAL DE EMOÇÕES

Cada um tem sua história. Se não nos recontam, nada aprendemos de onde veio o pó que nos assentou. Quem não se encontra repetindo jeitos e trejeitos de algum ente, conhecido ou só de ouvir falar? Pois então? É assim que a linha do tempo faz seus nós e suas levadas. Temos mais de nossos antepassados do que supúnhamos. Dinah Amorim nos refresca o olhar para o que a memória insiste em lhe apresentar. E que nos serve como roupa de alfaiataria.

Quem não se pega num recordatório transe de um fato do passado? Aquele recôndito cheio de experiências sensoriais, como um cheiro, um som, um gosto, um tato, uma cena que achávamos ter esquecido, mas retorna das gavetinhas do coração. Ali guardamos pacotinhos emocionais das melhores e das piores experiências.

Pois Dinah abriu seu baú de tesouros, onde por trinta e oito anos deixou deitadas suas folhas empilhadinhas, escritos revelando impressões muito detalhadas, fortes e doces para que nos lembremos e nos importemos com as nossas.

Foi só Dinah dar sopro de vida à tinta envelhecida, que uma nova memória associativa nos provoca intrinsicamente.

Ao leitor que vira uma página, não mais fica a morar naquele espaço, tempo ou circunstância. Dá-se uma revisão instantânea às próprias reminiscências. A autora nos deixa à mercê das vozes de nossos entes significativos nos provocando em conteúdo e contexto, quando gentilmente nos abre sua história.

Ela contempla e dialoga numa noite com um sobrado desgastado e chora. Começa assim, com todos os sentidos ativados a reconstruir seu script original. A vida que ali levou...

A primeira fresta de luz, o sobrado e suas sombras. Nunca demolidas para a autora. Do palco dos recortes mais honrosos da memória afetiva de Dinah Amorim, posso escutar daqui as risadas compridas, zangas, descomposturas, lições de vida que edificaram seus traços. Vesti seus medos e atrevimentos de menina e tomei xarope benzido. Tratei logo de destrancar um licor do buffet, porque a visita hoje era eu. Também estou no casarão. Não saio mais de lá, e você? Entre que a porta está aberta.

Maria Iris Lo-Buono

Escritora, médica e especialista em
Neurociências e comportamento

CAPÍTULO I

Paro o carro em frente, num sábado, às 23 horas, sozinha, chove lá fora e contemplo você, sobrado. Contemplo-o, ainda não demolido, desgastado pelo tempo, fechado, coberto de plantas e mato, à espera do que será feito e, lembro-me do que foi, do que fui, me emociono e choro.

Junto minhas lágrimas às gotas que batem no vidro e viram pingos de luz pelo reflexo do lampião da rua. Sinto falta de você, ou melhor, de todos que o fizeram viver.

Enquanto o admiro, você se clareia e volto ao passado.

Infância, sete anos, no Grupo Escolar mais próximo. Lembro-me como se fosse hoje, mudança às pressas para a casa dos avós, pais separados, matrícula rápida no final do ano, para não perder tempo devido à idade.

De avental branco, laço de fita no cabelo, lancheira debaixo do braço, preparada com carinho pela avó, sempre bolinhos ou sobras de omelete do almoço, lá ia eu, sozinha ou com amigas da vizinhança, para o primeiro ano da escola, sem saber o nome das letras ou sequer desenhá-las.

Desse primeiro ano, não guardo boas lembranças. Lembro-me de uma vez em que a professora, cansada de colocar visto nas cópias de problemas, deu-me nota vinte e mandou-me ficar em pé, junto às atrasadas, de frente para a classe. Tive uma crise de choro tão forte que foi ouvida por um tio, que passava na rua.

Não sei se por ser sobrinha da Diretora, ou por capacidade própria, passei em primeiro lugar para o segundo ano, sem dificuldade, apesar da entrada no final do primeiro.

Deixando a escola de lado, forço a memória e volto para você, sobrado, e à vida que tinha. Éramos muitos: vovô, vovó, mamãe, três tias e três tios solteiros, meus três irmãos e eu. Treze ao todo. Cada um com uma personalidade característica e tipo físico diferente. Muito sadios e inteligentes, éramos conhecidos na rua como a casa dos bonitos!

Vovô, alto e magro, educado e elegante apesar da dureza da época, conservava os resquícios de uma juventude brilhante e quase aristocrática, descendente de uma família paulista quatrocentona que perdeu, aos poucos, o status financeiro, mas tem ainda o brilho e a cultura de uma educação de fino trato.

Advogado não militante, aposentado pela Secretaria de Segurança, cargo que herdou, parece-me, do próprio pai, costumava sair todas as tardes para o chá do Mappin ou um bate-papo com os amigos na rua Barão de Itapetininga e na Associação dos Funcionários Públicos.

Estava sempre em dia com os assuntos da época, entendia e conversava com qualquer pessoa. Apesar dos seus quase setenta anos, tenho ótimas recordações dele. Foi praticamente o avô, o pai, o irmão mais velho. Tudo ao mesmo tempo. Desde a ajuda nos trabalhos escolares até as conversas sobre moda e cores de cabelo em uso.

Lembro-me como fiquei feliz, quando fomos a uma loja de antiguidades e encantei-me com um par de brincos de madrepérola, muito caros. Jamais poderia comprar. Surpresa, ele trouxe-os no dia seguinte, mais feliz que eu, sabia que iria me agradar.

Ao lado de uma inteligência superior, tinha uma noção de honra e conduta moral, admirada por todos. Era conhecido como amigo leal e de confiança, sem ser valentão ou grosseiro, sempre solícito para resolver desentendimentos na vizinhança.

Muitas coisas me veem à memória, quando falo em meu avô. Cenas de severidade como as brigas entre nós, as crianças, ou alguma discussão à mesa do almoço, aos domingos.

As reações mais fortes nunca passavam de comentários: "Basta, ou a palavra Sebo..." e se levantava da mesa, com triste comentário de vovó: "Agora ele não almoça mais!"

Certas imagens gostosas, as manhãs de domingo, quando vestido em pijamas, ficava no quintal.

De enxada e ancinho na mão, removia grama, plantava sementes, renovava a horta que mantinha com carinho. Tinha alface, cenoura, rabanetes, salsinha, cebolinha, hortelã, ...

Apesar dos protestos de vovó, católica fervorosa, que achava um absurdo o trabalhar aos domingos, agia com uma tranquilidade e prazer extraordinários.

Ninguém almoçava enquanto ele não se vestisse. No almoço sempre havia uma carne assada com molho, macarrão de forno com linguiça e queijo, tomates recheados com maionese e, arroz, acompanhados de vinho francês. Para as crianças, uma sangria, que ele mesmo preparava, mistura de vinho e soda.

Sentia prazer em fazer nossos mapas escolares, trabalhos sobre a Revolução Francesa ou a história dos reis de Portugal. Grande conhecedor de História!

Profundo estudioso, lia constantemente os romances de escritores antigos e modernos. Tinha vasta biblioteca e acompanhou o ensino dos filhos e netos.

Um lado bastante agradável de sua personalidade, não consigo deixar de sorrir, era o senso de humor. Irônico e satírico, gostava de brincar com os filhos, fazendo surpresas engraçadas. Certa ocasião, colocou batatas no lugar dos doces escondidos por uma tia, para servir ao namorado, cheio de mesuras e rapapés. Comeu-os, rindo, gostosamente, antecipando o rosto dela, quando descobrisse as batatas.

Uma passagem mostrou a educação cerimoniosa. De madrugada, passou pela porta de nosso quarto, em cuecas, com uma vela na mão, matando pernilongos, velho hábito para vencer a insônia.

Medrosa, característica minha na infância, quando ele passou, dei um grito tão forte que acordou todos e chamou a atenção do guarda-noturno da rua. Só lembro da voz assustada, quando perguntou: Que foi isso? Foi Dinah? E correu a esconder-se no banheiro. Só saiu quando todos se acalmaram e deitaram, com vergonha por não estar vestido. De olhos fechados, fingi que dormia e, até hoje, ao escrever, dou risada e morro de saudade.

Passagens engraçadas eram as confusões noturnas entre as tias; duas deitavam cedo e apagavam a luz e, outra, sempre atrasada, gostava de dormir tarde e tomar café com leite, geralmente à meia-noite, na cozinha. Subia, entrava no quarto e acendia a luz. Era um tal de acender e apagar que só acabava quando vovô pegava uma escada e arrancava a lâmpada, gritando: "Sebo! Não se tem sossego, nesta casa!" Era mais divertido do que um filme, uma festa ou um brinquedo de clube.

Quando mamãe conseguiu um emprego melhor e fomos morar no apartamento de Campos Elíseos, deixamos a casa dos avós. Vovô recebeu a notícia da mudança e não falou nada. Pegou o baralho da Paciência, de todas as tardes e, triste e silencioso, jogava. De repente, vi escorrer uma lágrima. Fiquei espantada, nunca o tinha visto chorar.

Só mais tarde, quando foi chamado às pressas, para Sorocaba, na morte do irmão caçula, criado por eles, é que me abraçou e soluçou alto.

Vovô nasceu em São Paulo, numa mansão, na antiga Praça João Mendes, hoje demolida, e conta-se que, por ser o primeiro neto, minha tataravó encheu de pétalas de rosas o caminho de seus primeiros passos. Sendo criado com tanto mimo, não se abateu com os revezes financeiros que a vida lhe pregou, mudando a maneira de viver e dando sustento a oito filhos.

Faleceu em 1963, o ano de minha formatura na Escola Normal, em Sorocaba, ficou doente somente uma vez na vida, a última.

Vim a São Paulo para vê-lo, no Hospital São Luís e, revezava com a família, junto ao leito, com ele semiconsciente. Na última vigília, voltou à consciência e me reconheceu, fez um olhar de angústia e dor. Passei a mão em sua testa e disse: "Está tudo bem, vovô, fique calmo. Vai passar logo." Deu-me leve sorriso e dormiu. Entrou em coma, no dia seguinte, e faleceu.

Foi a última vez que o vi com vida. Hoje, amadurecida e espiritualista, acredito que, sem saber, ajudei-o na Grande Viagem.

Vovô em pijamas, no quintal

Vovô na entrada do sobrado

Minha turma no primeiro ano escolar

Meu segundo ano no grupo

CAPÍTULO II

MANHÃ DE 7 DE SETEMBRO DE 1983

Volto novamente ao sobrado e, ao contemplá-lo, sinto-me mais ligada e mais consciente, quero escrever sobre ele. Sabendo que ainda não foi vendido e que posso conseguir uma cópia da chave, cresce meu entusiasmo em avivar a memória. Como está abandonado, é visitado por gatunos e desabrigados, fazem do quartinho do quintal e do galinheiro, um ponto de encontro e pousada, mas a vontade de escrever é mais forte que o medo de enfrentá-los. Por enquanto, o observo.

Observo-o muito! Uma trepadeira de jasmim cai para a rua, o portão pintado de verde, descascado e semiaberto, o número 348, muito vivo em minha infância, como referência. A garagem fechada, sob o grande terraço com alguns vasos velhos. Uma escadinha que leva do portão à entrada principal, ladeada por plantas, um pequeno lampião e, no alto, a porta de entrada.

De repente, saio do carro, toco a campainha, o lampião se acende, subo as escadas e avisto vovó na janela da sala de visitas, atrás da cortina, fazendo sinal para eu subir.

Seu rosto rosado e claro, quase infantil, olhos

verdes, cabelos de um loiro embranquiçado, presos em duas trancinhas amarradas em cima da cabeça, parece uma gravura tirada de um quadro de Holbein ou Ticiano.

Muito severa com os netos, enquanto crianças, recebia-me sempre sorrindo e com orgulho, depois que fiquei moça.

Tanto como vovô ou mais que ele, vovó representou para todos a segurança e a união da família, enquanto viveu. Seus hábitos de vida, ordens, maneira de pensar, influiu muito nos filhos e netos. Era o que se diz, em italiano, a verdadeira "Mama", a "Mama Vitória".

Nasceu Vitória Vera Regina, hábito antigo de três nomes, de uma família de imigrantes italianos, cujo pai, educado para o sacerdócio, na

Itália, casou-se com a bisavó e veio para o Brasil. Teve com ela quatro filhos: João, Américo, Aída e Vitória.

Esperando melhorar a situação econômica, vai o bisavô para a Argentina e fica a bisavó Rosa no Brasil, com os filhos e sozinha. Do pai, não tiveram notícias, se fez a fortuna que pretendia ou não.

Os filhos cresceram e foram educados pelo pulso firme da mãe. Eram bons filhos e, quando moços, moravam na antiga Liberdade, numa casa simples, junto à mãe, cada um com um ofício. Parece-me que a irmã Aída foi educada por uma parente ou amiga da mãe.

Vovó ajudava numa oficina de costura, na confecção de chapéus, comuns à época e, segundo me contaram, era de uma beleza loura incomum, despertou logo a atenção de meu avô, moço rico, acostumado a festas, viagens à Europa e de vida social intensa.

Não demorou muito para vovô apaixonar-se loucamente, romântico que era, e abandonar um noivado arranjado, pedindo-a em casamento. Casaram-se e tiveram nove filhos, um dos quais morreu ao nascer.

Acredito que foram felizes. Contado por vovó, sua loucura por vovô foi tanta, que nos primeiros anos de casada, tudo o que ele falava para ela, era lei.

Moravam numa casa grande, da família, nos Campos Elíseos e, mais tarde, com dois filhos, Marina (mamãe) e Waldemar (o tio mais velho), mudaram-se para o sobrado na Vila Mariana, pouco habitada e semelhante a local de chácaras e sítios.

A vida foi movimentada, quase um filho por ano, visitas frequentes de parentes e amigos, construíram muita coisa juntos.

Vovó, quando moça, soube o que me contaram, era bonita, sensível, bondosa e extremamente religiosa. Enérgica, às vezes, e ingênua como criança, sempre. Teve passagens de destaque durante a Gripe Espanhola, quando muitos vizinhos pegaram e sua família, não. Colocou um pano com álcool no nariz, à guisa de máscara, e atendeu a vários doentes, em suas casas.

Apesar de ter um nível de vida bom, conservou-se simples e humilde. Lembro-me de Dona Ana, idosa que vinha lavar a roupa, toda segunda-feira. Ficou anos na casa. Ouvia-as conversar horas e horas, como amigas íntimas.

Enquanto fazia minhas lições, na sala de jantar, as duas olhavam pela janela do quintal e sorriam. Costumava cantar enquanto estudava e as duas gostavam de ouvir.

Um fato carinhoso de minha avó foi quando desmamou a última filha, tia Mariza. Uma amiga também teve uma filha e não veio o leite.

Vovó foi à farmácia, tomou umas injeções de cálcio, fez voltar o seu leite e amamentou a filha da amiga.

Outro dia, já adulta, encontrei-me numa Delegacia de Ensino com uma moça. Ela perguntou-me: "Você não é a neta de Dona Vitória?"

Respondi que sim. "Conheceu-a?" "Claro", respondeu-me. "Foi minha ama de leite!" Era assim minha avó. Somava caridade com ingenuidade, beleza com franqueza.

Franqueza que se tornou até brabeza, quando envelheceu. Lembro-me quando recebeu uma lata de goiabada de uma moça que ajudou a criar. Recebeu o presente e reclamou. Ficamos espantados, embaraçados. Escandalizou-se, não pelo presente, mas por ter, a moça, gastado dinheiro com ela, após tantas lutas para estudar e conseguir um emprego.

O traço profundamente religioso foi o mais marcante em sua personalidade.

Tinha forte fé em Deus, nos anjos e nos santos. À medida que envelheceu, tornou-se simples, sem vaidade e com muito amor ao trabalho. Achava a preguiça o maior defeito e só deixou a cozinha, após proibição dos médicos, já bastante idosa.

Vovó seria hoje o que chamamos de pessoa carismática, sensitiva, vidente ou paranormal. Tinha certos pressentimentos, avisos, que geralmente aconteciam. Adivinhou acontecimentos apenas pelo pio de um pássaro ou determinado sonho. Orava o terço e acendia velas para as almas, geralmente, no galinheiro.

Hoje, achamos graça, mas em crianças, nunca íamos ao fundo do quintal, tínhamos medo. Era comum trazerem as crianças da vizinhança para ela benzer, o que merecia brincadeiras de vovô, que também era devoto, não foram poucas as vezes que recorreu à Nossa Senhora de

Aparecida.

Vovó exagerava na religiosidade e brincávamos com ela, principalmente quando nos proibia de lermos os livros de Eça de Queiroz, ameaçava jogá-los na fogueira.

Mais velha e doente, li para ela um conto de Eça de Queiroz que narra uma passagem da vida de Jesus, quando socorre um menino enfermo. Foi emocionante. Ela chorou e exclamou: "Não sabia que tinha esse conto naquela coleção!" Passava do riso às lágrimas com uma facilidade incrível.

Não havia televisão e era muito comum escutar novelas no rádio. Vovó trabalhava na cozinha ou passava roupas no quartinho do quintal, com o rádio ligado. Às vezes, chorava, quando ouvia notícia triste ou trechos de novela que transportava para a realidade. Foi quando começou O *Direito de Nascer*.

Preocupava-se com a família, filhos e netos, e, geralmente, aliviava-se nas rezas. Era a típica mãe, dona de casa, avó, matriarca.

Tinha sempre um alívio para doenças ou xaropes feitos em casa, para tosse comprida, e outras infecções.

Com os anos, a experiência aumentou e sabia o que era bom para tudo. Desde os chás, vitaminas e licores. Havia um licor de laranja, sempre trancado no buffet, a garrafa bonita, para servir às visitas.

Não havia tantos medicamentos, como agora.

Os tratamentos eram caseiros. Deu-me um remédio para o fígado, que fez sumir umas manchas nas costas. Nenhum médico acertou. Até hoje não sei qual foi, mas surtiu efeito.

E as comidas de vovó. Certas verduras, o ponto do macarrão, alguns tipos de doces, nunca mais comi. Não sei se cozinha tem moda ou se não somos mais preocupados, como antigamente.

Pastel igual ao dela, nem sei como faz. A prática era tanta, que fazia rápido para a família toda. Estufavam alto, mal caiam na frigideira. Vejo-a, toda rosada, suja de farinha, forçando a massa com rolo e falando contra a preguiça ou o último sermão do padre da igreja.

Que falta sinto de minha avó! Como gostaria de lhe contar, hoje, com quarenta anos, os meus problemas, como fazia antes, dos sete aos quinze, quando era apaixonada por um menino da vizinhança e pensava esconder de todos.

Depois que mudamos de casa e, mais tarde, para Sorocaba, nosso convívio foi de visitas anuais, nas férias escolares. Passávamos tempo em São Paulo.

Sempre recebia-me bem, seus olhinhos se iluminavam, quando me via. Contou para as amigas que eu já era moça e, professora.

Mais tarde, foi a única da família, além de mamãe e irmãos, a participar do meu noivado. Vovô já era falecido há cinco anos.

Com meu casamento e o nascimento, no ano seguinte, de Ângela, minhas visitas ficaram esparsas, limitando-me aos aniversários e Natais, que sempre passamos com ela, enquanto viveu.

Sentimos muito sua morte e acredito que foi mais difícil para nós, filhos e netos. Era muito espiritualista e, após a morte de vovô, encarava a sua morte sem angústia e temor, naturalidade, aceitação e fé.

Vovó no quintal

As luzes do meu passado

Tio Américo Ballanotti, irmão da vovó

Tio João Ballanotti, irmão da vovó

Vovô e vovó, com os filhos, Marina e Valdemar (maiores) e Roberto e Alfredo (menores), com a bisavó Antônia de Vasconcellos Ribeiro dos Santos (mãe de vovô)

Avós na entrada do sobrado

CAPÍTULO III

Saí à procura de certificados de cursos, entregues em 1967, por ocasião do meu ingresso no Magistério Público Primário. Chego a uma escola estadual, que funcionou como Secretaria de Educação. Estou nas imediações do sobrado. Encontro, na rua, alguns meninos, que se oferecem para entrar na casa. Perguntam o que tem nos fundos. Hoje, um cadeado fecha o portão. Fico tentada a pular com eles, mas agradeço e desisto.

Antigamente, havia muitas árvores frutíferas, mamoeiro, abacateiro, caquizeiro, laranjeira, amoreira e um lindo pessegueiro que, quando florido, entrava com seus galhos pela janela do quarto das tias. Era uma beleza de ver e sentir. Acredito que não existam mais.

Com pressa, volto-me para sair, mas um menino chama pelo meu nome. Espantada, atendo-o e é um rosto conhecido, amigo da vizinhança, de anos antes... Abrimos facilmente o portão, subimos os degraus e escutamos... "Um dois, feijão com arroz, Três quatro, feijão no prato..."

É minha tia favorita, a do meio, que marcha e brinca com dois vasos de plantas, para tomar sol no terraço da frente. Para, sem graça, ao ver-nos e, dá um sorriso contagiante.

As três tias sempre foram especiais, cada uma a seu modo. Sempre achei que lembravam o livro *Mulherzinhas* de Louise May Alcott. A mais velha, Tia Zuleika, semelhante à Meg, calma, tranquila, sonhadora, responsável, parecida com vovó, fisicamente.

A única diferença da Meg, do romance, é que não casou, apesar da beleza e dos inúmeros pretendentes. Guardo dela o auxílio nos deveres, nos nossos banhos, na cozinha, sempre pronta a ajudar.

As únicas vezes em que a vi parada, foi no quintal, a pensar e olhar as bonitas mãos.

Às vezes, olhava para um céu de sol ou cheio de estrelas, nas noites de luar. Sempre quieta quanto aos sentimentos, nunca soube os pensamentos, mas percebia o temperamento profundamente romântico.

Tia Ilda, a do meio, foi a predileta dos sobrinhos pelo espírito descontraído, brincalhão e, afeiçoada a nós. Dava-nos atenção especial e tratava qualquer pessoa com grande gentileza.

Herdou o temperamento de vovô e, como ele, era requintada, de bom humor e desligada das horas. Dormia tarde. Igualzinha à Jô, do romance, era capaz de grandes gestos e, também, de grandes trapalhadas.

Ficávamos conversando na cozinha, até altas horas, não lembro o assunto, mas ríamos muito, ela com o copo de café com leite na mão. Éramos as últimas a dormir e causávamos certo alvoroço.

Numa noite, determinadas a não acordar as outras tias, entramos no quarto escuro e fomos armar minha cama. Fizemos tanto barulho, batemo-nos tanto, que caímos na risada e acordamos a casa toda.

Foi mesmo um alvoroço, culminando com a cama desmontar e cair. Lembro-me da sua exclamação como se fosse hoje: "Coitado do Boroquinho (um apelido dado por um tio engraçado), colchão de palha, cabelo loiro cheio de cachinhos, parece menino Jesus na manjedoura!" Como vovô, gostava de piadas e as dizia nas horas certas.

Com ela, sempre risadas. Nas reprimendas ou castigos, protegia os sobrinhos. À medida que cresci, tornou-se minha amiga e confidente, e eu, a dela.

Vovó a repreendia por contar-me seus problemas, achava-me menina, mas confiava em mim. Tínhamos afinidade.

Tia Ilda era assim conosco, os sobrinhos eram seus amigos. Teve um carinho todo especial por meu irmão caçula, que faleceu aos onze anos.

Criou-o, praticamente, tratou-o como um filho. Quando ele morreu, ela não conseguiu chorar. Ficou quieta, num canto, sem palavras durante dias, ninguém pode falar no assunto, na frente dela, durante anos.

Requintada, colocava flores do jardim na mesa do almoço de domingo e, músicas suaves na antiga vitrola, mesmo sem visitas na casa. Gastava tempo com isso, entrando em choque, com o temperamento simples e austero de vovó.

Para nós, adorávamos o que fazia. Em certas ocasiões, ficava romântica, dançava com músicas lentas e lindas, equilibrando um copo nas mãos ou um guardanapo dobrado. Vovó resmungava: "Essa Ilda não tem jeito!"

Os Natais eram especiais, principalmente por causa dela. Gostava de enfeitar a casa toda e ajudar vovô no presépio.

Após o falecimento dele, continuou no mesmo ritmo, não deixou a família se deprimir. Lembrava dos mínimos detalhes.

Eram Natais muito bons, mesmo com meus pais separados. Preparava surpresas, enfeitava os brinquedos, fazia comidas gostosas; hoje, não acredito que existam Natais assim.

Não sei o que mudou, o tempo, a situação econômica ou a gente. O espírito do Natal, atualmente, com dois filhos, não é mais o mesmo, embora tente reavivar o passado. Mudou o Natal ou mudei eu?

A noite do dia 24 de dezembro só começava após assistirmos à Missa do Galo, na capelinha das freiras do convento próximo, à meia-noite. Era emocionante, com recitação de salmos e orações. Na volta, tínhamos a ceia e a distribuição dos presentes, pendurados na árvore. Ganhávamos tanta coisa que nem sei como conseguiam comprar. Eram muito originais.

Se ganhava uma boneca, vinha com roupas a mais, mamãe fazia o vestido de noiva, o meu sonho. Se ganhava panelinhas, vinha a cozinha completa, desde o fogão até a vassoura, rodo.

Um ano, não morávamos mais lá, ganhamos tantos presentes que, ao sairmos, não pegamos o bonde, mas chamamos um taxi.

Dou valor a essa época da minha vida, não pelos presentes, mas pelo carinho que recebíamos de tios e tias solteiros, sonhadores, cheios de vida e ilusões, que poderiam se preocupar mais com eles do que com sobrinhos levados da breca.

Como no Natal, a Páscoa também era uma data especial e muito divertida. Após a missa da manhã, exigência de vovó, tínhamos um almoço e a procura dos ovos de chocolate, escondidos em ninhos do quintal. Os lugares eram os mais engraçados. Desde os galhos das árvores às gramas.

Lembro-me de um tio, o último a achar o seu, já bravo e corado, enquanto dávamos risadas. Levantou a cabeça e o achou pendurado no varal, enrolado em folha de árvore.

Tia Ilda foi mudando, aos poucos, e eu crescendo, me afastando, estudando, trabalhando, casei e tive filhos. Ela casou-se tarde, com o tipo de homem que queria, lembrando vovô em cultura e personalidade. Até hoje somos amigas, embora a gente se visite menos. Mais nos encontros da família. Continua com os afazeres de dona de casa, enche a mesa de flores, recebe amavelmente os convidados, ouve boas músicas, lê bons livros, e eu, numa correria louca, este ano, mãe, dona de casa, professora, estudante de Pedagogia e, ensaiando como escritora.

Tia Ilda, vovó, tio Mário e vovô no fundo do quintal

CAPÍTULO IV

NOITE DE 23 DE SETEMBRO DE 1983

Passo a limpo um trabalho de grupo, feito em classe, comentário do texto: A Alfabetização de Adultos: É ela um Quefazer Neutro? de Paulo Freire.

Interessante o texto, honesto, reflexivo, curioso, flexível, prático e crítico, quando o autor analisa a si mesmo e os outros.

"A prática de pensar a prática é a melhor maneira de aprender a pensar certo.... O pensamento que ilumina a prática é por ela iluminado tal como a prática que ilumina o pensamento é por ele iluminado". Lindo isso! Profundo e filosófico.

Pensando, praticando e iluminando, vou filosofando e, volto ao passado, outra vez ao sobrado.

A primeira vez que ouvi falar em Filosofia foi menina, com a tia mais nova, a Mariza, que cursou Filosofia e terminou a faculdade, em primeiro lugar. Ficou com o retrato exposto na entrada da faculdade, por longo tempo.

Eu não a chamava de tia, tínhamos pouca diferença de idade e crescemos juntas. Muito inteligente, era a mais criativa, habilidosa e dotada de dons artísticos, das três. Também a mais dinâmica, sofisticada e geniosa de todas. Sabia tirar partido de si mesma como ninguém e sempre conseguia o que queria. Tinha inúmeros dons.

Se tivesse seguido teatro, ballet, pintura, considerados, na época, inferiores, faria carreira brilhante. Era a Amy do romance *Mulherzinhas*, sem tirar nem por. Estudava, fazia ballet, gostava de pintar, fazia paisagens com azulejos, costurava as próprias roupas, mais elegantes que a maioria das moças.

Quando éramos crianças, brincávamos de teatro, embaixo da escada e utilizávamos a parte final de uma janela como palco. Fazíamos descer bonecos de louça, amarrados em fios, representando personagens das historinhas que

Mariza inventava. Incrível a imaginação e a criatividade.

Reuníamos a criançada da rua. Sempre misteriosa, tinha esconderijos secretos e habitantes para todos.

Rirri era o mais famoso. Ficavam nos tijolos do quintal ou escondidos atrás das plantas. Eu vivia ao seu redor, era líder nas brincadeiras.

Para nós, uma espécie de ídolo. Brigávamos um pouco, era a caçula do vovô e dividíamos afeto.

Quando ficou moça, transformou-se tanto, custo acreditar que brincou conosco, em criança. Mudou os cabelos, a maquilagem, ficou linda, lembrava um pouco Brigite Bardot ou Pascale Petit.

As amizades, eram pessoas interessantes e famosas e fazia comentários irônicos e engraçados, herdou o temperamento de vovô.

Companheira das brincadeiras, Mariza foi também amiga quando cresci, fazia minhas roupas de mocinha, desde as mais íntimas, que eram feitas em casa, até as saias modelo balão, os vestidos tubinho ou trapézio, em voga nas revistas francesas. Ensinou-me muita coisa. Vestir-me com apuro, enrolar e pentear os cabelos, o que faço até hoje.

Fomos à cidade de Santos, num passeio de jipe, com um primo de vovô, famoso pintor modernista, Antônio Gomide. Mais tarde, eu, já formada no ensino de deficientes visuais, fiz um sério acompanhamento a ele, que perdeu a visão na velhice. Eu, menina, no passeio, observei tudo.

Mariza chamou tanto a atenção pela beleza, a cidade toda a olhava. Foi a inovadora da família. A primeira a usar biquíni, assustou vovó.

Trouxe namorados para casa e chegou a ficar noiva de um colega de classe. Lembro-me de alguns nomes famosos como escritores e músicos, encantavam-se com ela. Sabe Deus por onde andam.

Foi a filha que mais preocupou vovó, que a esperava chegar em casa, escondida atrás da janelinha do quarto. Sempre enfrentou as coisas desagradáveis da vida, com muito domínio.

Aliou coragem com o espírito crítico e literário do pai. Sempre gostou muito de gatos, chegamos a ter mais de dez, sem falar nos cachorros. Lembro-me quando um gatinho engasgou com osso de frango. Mariza enfiou o dedo na garganta e o livrou de sufocamento.

Era engraçado quando vovó afiava a faca para cortar a carne. Juntava a gataria na cozinha, deixando-a zonza com os miados. Só sossegavam quando atirava as sobras da carne no quintal. Corriam, alucinados, para abocanhar. Certa ocasião, vovó, em desespero com os bichos, colocou-os numa caixa e mandou um tio levá-los num mato, bem longe. Inacreditável, todos voltaram.

Que mudança houve em nossas vidas! Penso, agora.

Mariza também casou tarde, encontrou em um colega de profissão, o parceiro definitivo. Atualmente, continua bonita e jovem, vaidosa e habilidosa, divide-se entre seu trabalho, na capital, como funcionária pública e uma casinha, no interior, onde vive com o marido.

Representou o início da transformação nos costumes da família, de gênio extrovertido e corajoso, um coração amoroso e meigo, desejoso de encontrar alguém ou algo importante para dedicar.

As luzes do meu passado

Mariza no quintal

As tias Zuleika e Ilda, ao fundo, e tias Amira (esposa do Tio Mário) e Mariza, à frente, no casamento do meu irmão Eduardo.

CAPÍTULO V

Hoje está um dia quente, cansativo, barulhento e cheio de preocupações. É um dia daqueles, em que tudo acontece.

Gostaria de estar num lugar calmo, escrever sobre o que gosto, com expectativas melhores de vida futura.

Imagino um bairro silencioso, rua calma, cenas de calçada, o sobrado. Estou em frente a ele, todo iluminado de sol.

Entro, como antigamente, e não está vazio. Ouço vozes, risos e jazz, vindos da sala de jantar.

Chego perto e lá estão, tio Mário, Mariza e eu, ouvindo os discos prediletos e dançando, aprendo passos novos de sapateado com ele, que gosta de fazer-nos partners. Geralmente, eu era a favorita, por ser mais leve.

Tio Mário foi um dos moços mais bonitos que conheci. Era o 'ai dodói' das moças da redondeza. Muito alto, forte, rosto fino e traços bem feitos, tinha uns olhos que a gente não sabia distinguir, castanhos, azuis ou verdes. Vaidoso, cuidava-se bem. Fazia exercícios em barra ou garras de ferro, no fundo do quintal, criava músculos, toda manhã. Tomava remédios fortificantes e fazia vitaminas.

Às vezes, exagerava um pouco, teve um problema de tireoide que o deixou muito magro e ficamos preocupados, mas recuperou-se e voltou a ser o moço bonito e charmoso de sempre. Trabalhava como representante de laboratórios e tornou-se dentista, mais tarde.

Foi o meu tipo de jovem. Cheio de vida, uma certa timidez, muito romântico, encantava as namoradas.

Sentiu, como tia Ilda, afeto ao meu irmão menor, como se fosse filho. Dava-lhe brinquedos, levava-o a passear, sofreu com sua morte. A primeira grande dor da família.

Era uma pessoa curiosa. Gostava muito de esportes, exercícios de força, mas não deixava vovó matar uma galinha.

Se acontecia, não comia. Desde a infância nunca mais comeu frango.

Atualmente, tio Mário é casado com uma tia alegre e bonita, tem dois filhos lindos e inteligentes, um casal que lembra o tipo claro de vovó.

Sempre o mesmo, calmo, elegante, vaidoso, mais extrovertido e muito carinhoso com os filhos. A boa saúde continua, de aparência sempre jovem.

A única diferença daquela época são os traços mais amadurecidos e alguns fios de cabelo branco.

As luzes do meu passado

Tio Mário, escoteiro

Tio Mário, o moço mais bonito da rua

CAPÍTULO VI

1º DE OUTUBRO DE 1983

Em casa, de vigília, ao lado da filha, que tirou hoje quatro dentes inclusos, aproveito para escrever, enquanto dorme.

Não poderia deixar de falar de tio Roberto, ao lembrar dos tios, da casa dos avós, do tempo de infância. Era o mais engraçado, embora bravo e mandão, às vezes.

Foi, talvez, o preferido de vovó pelo seu jeito de lidar com ela.

Quando de bom humor, só fazia brincadeiras e todos riam. Com vovó, brava ou nervosa, carregava-a no colo, chamava-a de "minha gordinha predileta" e ela, louca da vida, debatia-se, dava-lhe chineladas, mas, gostava, ria e se acalmava.

Foi o tio que apelidou toda a família e, durante muito tempo, chamou-me de "Borocochô". Atualmente, quando me encontra, chama-me de "Berrèque", mudança para o francês. Diz que subi de posto. Em criança, aborrecia-me isso e retrucava toda vez que mexia comigo.

Hoje, são tão raras as ocasiões em que o encontro, que adoro ouvi-lo chamar-me de "Berrèque" ou perguntar sobre o levado do meu filho.

Sei que o gênio bravo ou brincalhão é uma forma de esconder a tremenda afeição que sentia por todos e, acredito que, dos tios, foi o de coração mais amoroso.

Afeiçoou-se aos sobrinhos, principalmente o caçula, que morou mais tempo com eles. Fazia-lhe aviões de papel, máscaras em abóboras ou mamão, que acendiam à noite, com velas, no quintal, e assustavam toda a criançada. Lembro-me do bonequinho de madeira, Max, feito por ele, com o qual meu irmãozinho passava horas brincando e conversando. Depois que faleceu, guardei-o durante muito tempo.

Tio Roberto tinha jeito para desenho e fazia aviões de todos os tipos. Gostava de tudo que se relacionava a exército, fardas, soldado e foi escoteiro durante anos.

Foi o filho que mais permaneceu junto à mãe, não se casou até hoje, embora tenha alguns "namoros". Veste-se mais à vontade, contrário dos irmãos, mas continua bonitão.

Foi noivo e quase casou. Como não deu certo, nem sei bem o porquê, desistiu de casamento.

Atualmente, aposentou-se da Secretaria de Segurança, como investigador.

O tipo de profissão que queria ter, mas, a que menos combinou com seu temperamento afetivo e brincalhão.

Para mim, foi a pessoa amiga, que ajuda todos, em qualquer hora. Sem desfazer dos outros, foi o tio de que mais gostei.

As luzes do meu passado

Tio Reberto escoteiro

Tio Roberto rapaz

CAPÍTULO VII

Não tive muito contato com os outros tios que faltam para eu completar a minha narrativa.

Um deles, sorridente, queimado de sol, dentes muito brancos, sempre com roupas finas, parecia alguém saído do banho, tio Waldemar, o mais velho.

Já era casado quando nasci e conservo lembranças das visitas ao sobrado.

Ele, a esposa e o filho, contavam histórias alegres e engraçadas, cheios de novidades.

Viviam bem, de modos simples, elegantes e educados. Guardo também impressões de carinho, principalmente do primo José Roberto (para nós, Robertinho), o único, na época, muito amigo, na juventude.

Ajudou-me quando fiquei noiva, eu não tinha carro, levava-me desde à costureira, ao arranjador das flores. Entendia de tudo e colocou-se à disposição, amavelmente.

Sou-lhe grata por isso. Mais tarde, também se casou, indo morar em uma fazenda, no estado de Mato Grosso. Embora não mais o veja, sei que teve uma linda filha.

O outro tio que morou conosco no sobrado, por curto tempo, Tio Alfredo, casou-se também com a querida tia Violeta, com quem tive, mais tarde, bom relacionamento. Foi trabalhar como arquiteto, em Maringá, que estava progredindo muito, junto à família da tia. Só os víamos em visita à São Paulo.

Parece-me que foram felizes, com dois filhos, Renata e Rafael, que herdaram a simpatia e a calma da mãe, e ele, o nome do meu avô, Rafael. O nome de vovô continuou em netos e bisnetos da família.

As luzes do meu passado

Tio Alfredo e tia Violeta noivos!

As luzes do meu passado

Tio Alfredo e tia Violeta

Tio Waldemar, o mais velho

Tio Waldemar e Tia Zilda

Tio Waldemar no exército

CAPÍTULO VIII

Sentada na varanda da sala, oitavo andar, contemplo a rua congestionada pelos carros no farol da esquina. É estreita, fechada por inúmeros prédios ajardinados e de alto nível.

Avisto inúmeras janelas, maiores e menores, uma variação incrível de formas, tamanhos e cores. Muitas estão fechadas, outras, com cortinas coloridas, insinuam a presença de gente, famílias como nós. Predomina o concreto das paredes, do bairro que cresceu.

Pessoas saem cedo, outras entram tarde, muitas caminham pelas ruas, cumprimentam-se apressadas, não conversam. Correrias de cidade grande.

Outrora, nossa rua foi considerada chique, residências antigas e aristocráticas, local de moradia das famílias ilustres de São Paulo. Aos poucos, as casas foram demolidas, dando lugar a prédios, construídos de maneira rápida e contínua.

Moro aqui há dez anos e tivemos, nesse período, como vizinhos, oito prédios em construção. Felizmente, estão prontos, o barulho foi grande.

Contemplo vagamente o céu, pedaços dele entre espaços vazios que sobram. O dia está claro, bonito, a temperatura agradável, cheiro de primavera no ar. Como dizia vovô, "Dia bom para as plantas". Renovar a terra, colocar adubos, replantar brotos, plantar sementes.

No apartamento, minhas plantas são poucas, vasos pequenos, gostaria de ter mais verde. Refresca e aumenta o ambiente, além de embelezar e ser saudável. Soube que a samambaia tira a umidade e o frio da casa.

Em dias como o de hoje, a vida era diferente em casa de vovó. Vovô renovava a horta, vovó levantava-se cedo, dava milho às galinhas, verificava os ovos e ia para a cozinha. Usava-os no almoço e guardava as cascas, que moía e colocava nos vasos de plantas, principalmente avencas, para fortificá-las. Em seguida, tirava uma pedra de amolar facas e começava a cortar a carne, fazia um barulho característico que, repetindo, atraía todos os gatos. Ficava nervosa e pensando como dar um jeito neles, escondido de Mariza.

Como já disse, quando pensou ter conseguido, todos voltaram. Estranho isso. Essa percepção felina.

Tia Ilda, levantava-se e ia tomar o café da manhã, lá fora, no quintal, debaixo do caquizeiro. Passava horas sentada lá, olhando o céu e apreciando o dia.

Tia Zuleika, mais prática, descia e ia ajudar a mãe a arrumar a casa. Às vezes, colhia verduras para o almoço.

Mariza, enrolava o cabelo, ia secá-lo ao sol,

sempre com um livro na mão ou estudando para alguma prova.

Tio Mário, quando não saía para o trabalho, ficava no terraço dos fundos, bronzeando-se ao sol.

Tio Roberto, como dava plantões à noite, dormia, sem poder curtir o dia.

Nós, crianças, brincávamos de mil coisas, patins, esconde-esconde, bicicletas, com a molecada.

A rua era larga, não tinha trânsito, com muitas casas e, consequentemente, muitas famílias e muitas crianças.

Tivemos vizinhos que são amigos até hoje, embora tenham mudado ou modificado a vida. A convivência diária fez nascer amizades sinceras e sólidas. Muitos já se foram, mas a maioria ainda é amiga. Gente fina.

As amigas das tias do lado direito, da casa igual à nossa, filhas de um senhor português, já falecido; os meninos da casa à esquerda, com quem brincávamos e passávamos o dia; os amigos da casa em frente à nossa, muito queridos, a filha mais velha era amiga das tias e, o irmão, nosso amigo. Crescemos juntos.

Uma amiga que sinto saudade, chamada Ivone, gordinha e sardenta, morava num sobradinho perto da esquina. Nunca mais a vi, tenho curiosidade em saber como está.

Tínhamos a mesma idade. Deve estar casada,

cheia de filhos. Seu irmão, Ivan, era terrível. Tenho até hoje uma marca da queimadura que fez em mim com fogos de artifício. Rodearam a minha cabeça. E outras coisitas mais.

Subindo a rua, ficava a casa de Da. Julieta, o marido e dois filhos jovens. Eram de ascendência europeia e a casa parecia de bonecas. Toda enfeitada.

Comecei a aprender piano com ela. Dava aulas particulares. Amava ir à sua casa, toda construída por eles. Tinha uma janelinha desenhada, com cortina, vasinhos de plantas e tudo o mais. De boneca mesmo. Sempre, após a aula, oferecia-me uma fatia de bolo de chocolate. Gente amável e educada.

Mais para cima, quase no meio do quarteirão,

havia a vendinha do senhor Ângelo. Ah! Como gostávamos de ir lá. Era no tempo do tostão e do mil réis e comprávamos balas de mel ou maria-mole.

Não sei se ainda existe a vendinha. O filho mais velho, o Amâncio, era muito carinhoso com as crianças. Ajudava o pai nas vendas, levava as encomendas da vovó e, escondido do pai, dava sempre doces para a gente. Era uma figura típica da rua.

Vovó, encantada ao ganhar o primeiro telefone, fazia encomendas, lata de sardinhas, de tomate, ervilhas, etc...

Na esquina debaixo, ocupando grande área, havia a casa térrea, ajardinada, de Dona Augusta. Família numerosa, muito filhos, filhas e netos.

Também descendiam de portugueses. Muito alegres, convidavam-nos sempre para festas, almoços e jantares.

Atualmente, a casa não existe mais. Foi vendida após a morte dos pais e demolida para fazer um prédio.

A família dispersou, envelheceu, mas continuam nossos amigos. Incrível, tanta coisa mudou, restam poucos moradores antigos.

A cada vez que visito o sobrado vazio, me enterneço, e percebo novas modificações. Uma escola infantil, uma academia de ballet, uma placa de dentista ou médico onde era residência, uma casa de doces, assim é o progresso e, para nós, que ali crescemos, o retrocesso.

Crianças brincam na rua em grupos alegres e barulhentos. Acho graça. Lembro-me dos adultos que passavam por nós e riam também. Tive amigos que me acompanharam no crescimento. Os mesmos problemas, os mesmos gostos, as mesmas idades.

Foi a fase gostosa dos primeiros bailinhos e das músicas de rock. O início e apogeu do Elvis Presley, nos Estados Unidos e Celi e Tony Campelo, no Brasil.

Meu irmão Eduardo, o mais velho, formou um conjunto musical, com os amigos, os *The Avalons*. Chegaram a gravar discos, fazer filme e cantar em diversos shows. Foram muito aplaudidos, queridos pela moçada, mas tiveram que acabar cedo com a música. Queixa dos pais porque atrapalhava os estudos.

Quem diria, olhando-os hoje, sérios pais de família, preocupados com a profissão, que foram músicos, cantores, de sucesso. O apelido profissional de Eduardo era "o passarinho", porque conseguia o tom mais alto.

Eduardo com os amigos da vizinhança

Eduardo no terraço da frente do sobrado

Eduardo no The Avalons

Eu, Robertinho e Edgard, crianças

CAPÍTULO IX

Falando em passarinho, lembro-me que hoje é o dia da Ave: 5 de outubro. Escolho uma poesia muito bonita sobre o tema, de Walter Rossi, para falar aos alunos, durante a semana.

Recebo um aluno ou dois por dia, deficientes visuais, dando atendimento individual, conforme a necessidade. É uma espécie de orientação aos que frequentam a classe comum e uma preparação, aos novos, que começarão a 1ª. Série do 1º. Grau.

A aluna de hoje, tem 9 anos, deficiência visual total, apresenta dificuldades por falta de maior exploração da capacidade tátil. É alegre e brincalhona, acredito que irá gostar da aula.

Vamos aprender a confeccionar um passarinho com papel de alumínio, palitos para as asas e rabo, tachinhas no lugar dos olhos e um suporte de isopor. É um ensino ocasional, imaginário, mas objetivo. Termino com música e instrumentos para bandinha.

Uso muito a música para lembrar o ensino de qualquer atividade. Atinge mais rápido as pessoas. Na escola e em casa, tem dado certo.

Procuro brincar com os alunos, comentar o que acontece no mundo que possa interessá-los, uma peça infantil, um show musical, um circo

novo na cidade e aconselho aos pais para levá-
-los, quando podem.

No meu tempo de criança, não havia essa facilidade dos meios de comunicação. Não tínhamos televisão, raramente íamos a cinema e, peças infantis, não lembro se havia.

Nossas brincadeiras dependiam de nós, da criatividade, da casa e das amizades. Fazíamos teatrinhos inventados, peças de circo no terraço de cima, acrobacias, feitas pelos meninos mais velhos.

Para as atividades mais simples, escolhíamos Joãozinho, o caçula, que gostava de ser o palhaço. Isso, quando não roubava os ovos do galinheiro, furava e comia, para desgosto de vovó, com a falta de ovos.

As brincadeiras prediletas eram com o irmão Edgard, mais novo, que praticamente dominei até os doze anos, quando ficou mais forte e já se defendia. Costumávamos ficar na calçada, em frente ao portão, eu ordenando movimentos e ele fingindo ser boneco. Cada pessoa que passava, eu falava: "Boneco anda!" E ele obedecia. Ou "Mexe os braços!"

E ele mexia. As pessoas sorriam e deixavam algumas moedinhas. Um jeito de termos um dinheirinho. Corríamos para a venda do Seu Ângelo, comprar balas e guarda-chuvas de chocolate.

Não sei se Edgard se lembra disso. Atualmente, ele é muito sério, com pendores artísticos e literários.

Jornalista, já editou um livro de poesias, outro sobre o início das novelas na televisão brasileira, entende muito de arte. Colecionador, adquire antiguidades e quadros célebres. Foi um grande incentivador para que eu escrevesse. Sou-lhe grata por isso.

Mamãe, como todas as mães, é um capítulo à parte na minha vida. Tudo que poderei escrever sobre ela dará outro livro. Espero ter capacidade para isso e escrever corretamente o que gostaria de narrar.

*Edgard e Robertinho, adolescentes,
com vovô Rafael*

CAPÍTULO X

Não pretendia escrever sobre mamãe, nossas interações mais importantes foram quando mudamos da casa dos avós, minha adolescência, juventude e maturidade, atualmente.

Na infância, pouco a víamos, trabalhou fora, em empregos simples, no início e, mais tarde, como contadora do Tribunal de Contas do Estado, onde permaneceu até a aposentadoria. Ficávamos mais em contato com os outros do que com ela.

Sei que lutou muito para reiniciar suas atividades e reintegrar-se à vida. Desquitou-se nova, com quatro filhos e, até hoje, desconheço o motivo principal. Papai teve um esgotamento nervoso e, quando se recuperou, resolveu se separar. Não houve motivo grave, aparente. Era um homem correto, amoroso com os filhos, temos até hoje um relacionamento muito bom. Casou-se novamente, tem dois novos filhos, sou a madrinha da filha.

Mamãe ficou com a carga familiar mais pesada, o trabalho, o cuidado dos quatro filhos, teve pouco tempo para dar-nos atenção. Preocupava-se com nosso comportamento e atividades escolares. Chegava cansada e ainda era severa. Guardo dela uma impressão de força e de vontade de melhorar nossa situação, nessa época.

O irmão mais velho foi interno no *Liceu Coração de Jesus*, até completar o ginásio. Íamos visitá-lo nos fins de semana e, nas férias, ficava com papai. Foi o melhor que ela conseguiu fazer.

Eu, Edgard e Joãozinho, ficamos com ela, que contratou uma rapariga engraçada para ajudar vovó: Chiquita, uma morena alta, desengonçada, cabelo cheio de papelotes. Vivia sentada na escada da frente tomando sol, de pernas abertas, fingia que olhava a gente. Ajudar vovó, acho que não, mas nos divertiu muito.

Mamãe foi, como todos da família, muito bonita e, a preferida de vovô, talvez por ser a mais velha. Teve muito apoio no seu desquite. Mais moral do que financeiro, mas o essencial.

Vovó, contra casamentos desfeitos, foi durona, mas deu-nos muito carinho e atenção, apesar dos oito filhos.

Mamãe era muito vaidosa, hábito que cultiva até hoje. Herdou talvez de vovô o cuidado ao se vestir. Conseguia apresentar-se sempre bem. Nunca um fio de meia desfiado, um sapato de camurça sem escovar, o tailleur sempre limpo e passado e uma boina ou um chapeuzinho branco na cabeça, muito em uso, na época. Eu olhava-a com admiração e, como toda filha, queria imitá-la.

Contou-me, certa ocasião, haver sentido um olhar masculino forte, em direção a ela, na cidade. Virou-se e era meu pai, que, meio sem jeito, foi se afastando.

Uma passagem engraçada, difícil de entender, foi quando cortou os cabelos, achou-os horrível e trabalhou um mês com o lenço na cabeça, para escondê-los.

Quando mudamos para o apartamento, em Campos Elíseos, bairro em que nasceu, eu e Edgard fomos com ela e passamos a frequentar uma escola particular, como semi-internos. Ficava na rua São Vicente de Paula e, atualmente, foi demolida. Sua diretora era minha xará, Dona Dinah. Ouvi, pela primeira vez, alguém com o mesmo nome.

Joãozinho, o menor, necessitava de maiores cuidados, ficou morando com os avós, até ir conosco, quando mudamos para uma casa, em Sorocaba, e eu já era mocinha, podia tomar conta dele.

Infelizmente, para mamãe e todos nós, foi lá que ele faleceu, de tétano, quando caiu do muro, machucou o pé e nem soubemos se um prego ou algo enferrujado.

Na época, não vacinavam as crianças como hoje, desconhecíamos a doença. Recebeu atendimento hospitalar, vinha um enfermeiro fazer curativos diários, mas esqueceram-se do soro antitetânico.

Quando a doença se manifestou, foi tarde. Teve que amputar o pé, e o coração não aguentou. Faleceu do coração e não das manifestações horríveis da doença. A primeira grande dor da família e o choque foi brutal. Sempre achamos que as coisas acontecem com os outros, nunca com a gente.

Foi terrível para mamãe, que tinha o grande sonho de ter uma casa e todos os filhos juntos. Quando aconteceu de estarmos juntos, perdeu o seu caçula.

Fatos tristes, escrevendo-os agora, percebo que a vida de mamãe foi bem mais difícil do que para a maioria.

As luzes do meu passado

*Mamãe, desquitada, com os filhos em Santos.
Eduardo, eu e Edgard*

As luzes do meu passado

Joãozinho no grupo

Meu pai, Joffre de Amorim, no dia de sua formatura

As luzes do meu passado

Mamãe e eu na década de 1980

CAPÍTULO XI

7 DE OUTUBRO DE 1983

Volto pela última vez ao sobrado. Abro o portão, atravesso os matos da escada e chego à entrada. Não está tão velho, visto de perto. A pintura, não tão desgastada, como parecia, olhando-o da rua.

Ah! Gostaria de ter escrito diferente. Fiz outra imagem de como terminar a história.

Alugá-lo, fazer uma faxina, contratar um jardineiro, morar nele uns tempos. Escrever sobre ele, dentro dele. Fantástico! Fantasia que não se realizou. Há uma grande distância entre o sonho e a realidade. Paciência...

Despeço-me dele pelo muito que me deu e porque, em breve, irá sumir. Sumirei também em cada tijolo que cair ou martelada que levar...

Viro-me para descer e, deprimida, abro o portão para sair.

De repente, um leve estalar de folhas. Volto-me, assustada, penso em algum ladrão escondido. Vejo, surpresa, no topo da escada, três vultos transparentes e luminosos. Consigo distinguir, vovô, vovó e Joãozinho, já um homem feito. Sorriem e acenam com a mão.

Sinto uma dor aguda no peito, um líquido quente escorrer no rosto e um gosto salgado nos lábios.

Como no início, chove também na despedida. Junto minhas lágrimas aos pingos de chuva que caem. Emocionada, aceno para eles.

Vou embora antes que desapareçam. Prefiro guardá-los assim, na lembrança.

Não aguentaria vê-los partir, novamente.

Afinal, são as minhas saudades, as luzes da minha infância e juventude, as "minhas luzes". As luzes do meu passado.